Jakob Arjouni

# *Edelmanns Tochter*

*Theaterstück*

Diogenes

Uraufführung am 31. Mai 1996
in Wuppertal, Regie Paolo Magelli
Umschlagfoto: Strandbad Wannsee,
1936 (Ausschnitt)
Mit freundlicher Genehmigung
der Landesbildstelle Berlin




40/96/36/1
ISBN 3 257 06091 2

*Edelmanns Tochter*

*Personen*

HERMANN HINZ (Anton Edelmann) *74 Jahre*

RUTH *seine Tochter, 49 Jahre*

FRAU HELLER *gleich alt wie Ruth*

KELLNERIN

STRÖHMER *65 Jahre*

DREI BAHNBEAMTE *(zwei Männer, eine Frau)*

BARFRAU

# I

*Das Hinterzimmer eines Bahnhofrestaurants. Rechts ein Fenster zum Bahnsteig; dahinter ankommende und abfahrende Züge, Lautsprecherdurchsagen, Reisende. Links ein Fenster zur Straße. Die Fenster sind vergittert. An der Wand ein Klingelknopf. Hermann Hinz sitzt am Tisch, vor sich ein Glas Bier. Neben ihm stehen zwei Koffer. Er starrt reglos auf den Tisch. Er trägt einen Anzug und einen Mantel. Ruth steht an der Wand und klingelt. Sie trägt ein Kostüm; ihr Mantel hängt über einem Stuhl an Hinz' Tisch. Später Nachmittag.*

RUTH Auf Reisen hast du immer Bier getrunken. *klingelt* Auch im Haus mußte immer welches dasein. Und jetzt? Guckst es nicht mal an! *klingelt* Hört denn keiner?! *klingelt* ...Ach was! *läßt von der Klingel ab* ...Immer hast du Bier getrunken. Oder Schnaps. Möchtest du einen

Schnaps? *geht zu Hinz, brüllt ihm ins Ohr* Einen Schnaps?!

*Hinz schließt die Augen; Pause; Ruth sieht zur Tür.*

...Weißt du noch, in Hamburg? Wie wir am Wochenende immer aufs Land gefahren sind? Wandern und essen gehen. Du hattest Bier, ich Apfelsaft, dann einen Nachtisch und nach Hause mit dem Bus. Damals mußten wir sparen. Erinnerst du dich? Die Woche über Kartoffeln, Reis und Nudeln. Nachtisch und Bier gab's nur sonntags. *deutet auf das Glas Bier* Damals wärst du froh gewesen... Einmal wurde im Gasthof Hochzeit gefeiert, und ein Junge hat mich zum Tanzen gezogen. Was war ich erschrocken! Wußte ich, was der wollte? Hattest schließlich dafür gesorgt, daß ich nichts kannte außer dir und der Schule. Mit fünfzehn wußte ich in Latein besser Bescheid als in unserer Straße. Aber bei der Hochzeit warst du nicht schnell genug. Der Junge hat mich über die Tanzfläche gewirbelt, bis ich selber angefangen habe zu wirbeln. Zur Tür hinaus auf die Wiese und zu Leuten, die Ball gespielt haben. Später sind wir zusammen zum

Fluß und geschwommen, und sie haben mir beigebracht, wie man Forellen fängt. Ein wunderschöner Tag... bis ich abends in den Gasthof zurückkam. So hatte ich dich noch nie gesehen: Du hast nach Alkohol gestunken, und deine Augen haben geglänzt wie bei einem Verrückten. Auf der Rückfahrt kein Wort. Und danach auch keine Ausflüge mehr.

*Pause.*

Hörst du?! War ich eingeladen, bist du krank geworden, und hat mich ausnahmsweise mal jemand besucht, hast *du* geredet. Hast nach den Eltern gefragt, ihrem Beruf, ihrer Vergangenheit! Aufpassen sollte ich, daß ich nicht so dumm werde wie meine Freunde. Meine Freunde! Die Trottel der Klasse, die einzigen, die sich mit mir sehen lassen konnten. Als ich geheult habe, weil mich die anderen als Strebersau beschimpft hatten, hast du gesagt, man sei nun mal allein auf der Welt, und je früher man es merke, desto besser... Natürlich warst du auch gut zu mir... wenn es mir schlecht ging. Und da es wichtig für dich war, gut zu mir zu sein... Als wenn du mich immer wieder in eine Schlucht gestürzt hättest, um mir raushelfen zu können... Mein Retter! Ist dir nicht gut? Trink doch endlich... *geht zu Hinz* Einen kleinen Schluck...

*Sie nimmt das Glas und setzt es ihm an den Mund; Hinz rührt sich nicht.*

Ein Schlückchen. Na los, ein Schlückchen Bier. Trink, verdammt noch mal! Mach den Mund auf, Vater! Trink! *während sie ihm das Bier übers Gesicht kippt* Zu deinem Besten! *schmeißt das leere Glas in die Ecke* Wäre ich bloß allein gewesen!

*Sie wendet sich ab.*

Als du gesagt hast, wir würden aus Hamburg wegziehen, war ich glücklich. Vorbei die angeblichen Freunde, die Strebersau, die mitleidigen Blicke der Nachbarn, das war dein Rezept: mit jeder Veränderung hast du mich fester an dich gebunden, und je fester ich an dich gebunden war, desto glücklicher war ich über jede Veränderung. Konnte ich ahnen, daß du mich mit zwanzig in den Ruhestand schleppst? Schliersheim, Im Rosenwinkel sechs! Ein Kino, zwei Eiscafés, die Vorwahl doppelt so lang wie die Telefonnummer, Wildschweine im Wald. Malen sollte ich, lesen, Blumenbeete anlegen, Zeit haben für alles, was mir Spaß macht. Mein Spaß – dein Spezialgebiet! Zuallererst durften die Hecken nicht geschnitten werden. Wegen der Nachbarn! Jeden Tag habe ich auf Zehenspitzen davorgestanden, aber in der Heckenfrage bist du hart geblieben. *Einmal* würdest du dir etwas wünschen – *dreihundertfünfundsechzigmal* im Jahr sollte ich die Welt draußen nicht sehen!

*Sie geht in die Ecke und schiebt die Scherben mit dem Fuß zusammen.*

Malen, malen, malen! Die große Malerin! Als Frau Heller kam, mußte ich nicht mal mehr zum Einkaufen! Nur noch Farben und Pinsel!

## 2

*Lichtwechsel. Im Fenster rechts erscheint Frau Heller (um die Dreißig, Sechzigerjahrefrisur). Sie trägt eine weiße Schürze und knetet Teig. Ruth zeichnet in einem Block. Durch Haltung und Sprechweise scheint sie fünfundzwanzig Jahre jünger. Vormittags.*

RUTH *ironisch* ...Gitter... ein schwarzes Loch... blutende Eingeweide... der Zustand des Künstlers spiegelt sich in seinen Werken wider! *lacht, zeigt die Zeichnung* Wie finden Sie das? ...

*Frau Heller schaut kurz auf.*

...also mehr Gitterstäbe, Totenköpfe, Blut... Wissen Sie, daß Sie Teig für eine der großen Künstlerinnen des ausgehenden zwanzigsten Jahrhunderts kneten? Mein Name wird um die Welt gehen. Mein Leben wird im nachhinein ein einziges Feuerwerk gewesen sein: bunt, leidenschaftlich, mit allem was dazu gehört, Liebe, Eifersucht, Haß! Man wird mich beneiden, bewundern, vergöttern! Sie glauben mir nicht? Fragen Sie meinen Vater. *lacht* Manchmal sehen Sie aus wie eine Kuh. So! Hier noch ein halber Kopf, da ein Abgrund… fertig ist das Meisterwerk!

*Sie knüllt das Papier zusammen und wirft es weg.*

Vater kann es wie immer aufsammeln, plätten und in den Ordner tun.

*Sie geht zu Frau Heller, nimmt sich ein Stück Teig und ißt.*

FRAU HELLER Das tut Ihrem Magen nicht gut.

RUTH Nichts tut ihm gut. Soll ich deshalb verhungern? Vielleicht täte ihm das am besten? *lacht* …Frau Heller! Was erzählen Sie Ihren Freunden? Daß Sie bei einer Verrückten arbeiten? Oder reden Sie wie Vater von Kunst? Wissen Sie, daß ich quasi schon Künstlerin war, als Vater mich gezeugt hat? Er hat das nicht einfach so gemacht. Er hatte das feste Ziel, daß da ein Genie rauskommt. Und sehen Sie selbst... *dreht sich im Kreis* ...tatatataaa! Aber was hätte er getan, wenn's anstatt der Malerin eine Gogo-Tänzerin geworden wäre? Hätte er mich verleugnet, ins Waisenhaus gebracht, ertränkt? Aber keine Sorge! Schon mit zwei habe ich Van Goghs in meinen Brei gezeichnet!

FRAU HELLER *lacht* Sie sind mir eine!

RUTH *geht durchs Zimmer* Sie fragen sich, warum ich nicht gehe. Warum ich das Zwölfuhrdreißig-Mittagessen und die drei Meter hohen Hecken nicht einfach hinter mir lasse. Frage ich mich auch. Frag's mich und frag's mich und darüber ruft es zum Abendessen. Soll ich Ihnen sagen, warum? Ich bleibe für die Malerei. Weil ich noch viel lernen muß. Glotzen Sie nicht so! Wissen Sie, daß Vater Kunst studiert hat? Und haben Sie eine Ahnung, wie wichtig es ist, wenn einem jemand sagen kann, dieser Strich ist richtig und dieser falsch? Ich habe Talent, ja – aber Handwerk? Vater ist ein Pedant. Die Kunst braucht die Pedanten, die kleinlichen, studierten Sekundäresel, die erforschen, daß das Wort Phantasie aus dem Griechischen kommt. Noch zwei, drei Jahre, und ich habe das Gleichgewicht zwischen Talent und Handwerk gefunden. So wie Mutter. Was wäre sie für eine Malerin geworden!

FRAU HELLER Wollen Sie sich vor dem Essen noch ein bißchen hinlegen?

RUTH *äfft nach* Wollen Madame jetzt bitte das Maul halten! Sagen Sie doch: Ihnen geht die hundertfünfundsiebzigste Auflage von ›Mutter im Bombenhagel‹ auf die Nerven.

FRAU HELLER Sie sind früh aufgestanden.

RUTH Ich war gar nicht im Bett. Habe die ganze Nacht gemalt.

FRAU HELLER Eine heiße Milch?

RUTH Ich habe Mutter gemalt. Jedenfalls das, an was ich mich erinnere. Stellen Sie sich vor, kein einziges Foto.

FRAU HELLER Ich mache Ihnen eine heiße Milch.

RUTH Sie sollen mich mit Ihrer Milch in Ruhe lassen!

FRAU HELLER Ruth…

RUTH Wissen Sie, daß ich in den letzten fünf Jahren genau einmal Besuch hatte? Einen Besuch in fünf Jahren, das macht auf ein durchschnittliches Alter vierzehn Besuche im Leben. Würde Ihnen das reichen?

FRAU HELLER Das kann man doch nicht vergleichen. Ich bin in Schliersheim aufgewachsen, lebe hier, bin Mitglied in mehreren Vereinen... Bei Ihnen ist das anders; Sie haben Bücher, Musik... Sie müssen das so sehen: Sie bekommen jeden Tag Besuch – von Mozart, Beethoven, Schiller, Goethe...

RUTH Ich will aber keinen Besuch von Goethe!

*Pause.*

Lern Spanisch für Südamerika, hat Vater gesagt, irgendwann werden wir dahin gehen. Und schließe Brieffreundschaften! Mit Brieffreundschaften lernst du die Sprache schreiben und knüpfst Kontakte für die Zukunft! Brieffreundschaften sind etwas Wunderbares! ...Grauenhaft! Öde Tage werden auf Papier zum Erlebnis, bis man selber glaubt, etwas erlebt zu haben. Und irgendwann ist es soweit: Die Öde füllt sich tatsächlich. Der Papierkorb steht morgens an einem anderen Platz – das müssen Einbrecher gewesen sein. Ein Vogel setzt sich auf die Fensterbank – eine Nachricht. Ein Blatt fällt vom Baum – der Tod. Eine Fussel wird zur Geschichte, die Geschichte zum Brief, und der Brief zum Leben. Und in Südamerika liest jemand den Brief und beneidet dich.

FRAU HELLER Da müssen Sie aber gut über Fusseln schreiben können.

RUTH Wenn man nichts anderes hat.

FRAU HELLER Für die Kunst muß man Opfer bringen.

*Ruth schaut wütend auf.*

Sobald Sie Erfolg haben, wird sich das ändern.

RUTH Ich weiß selber, daß sich das ändern wird! Was verstehen Sie eigentlich?

*Sie geht zur Tür.*

Bringen Sie mir Kaffee auf mein Zimmer.

## 3

*Lichtwechsel, wie vorher. Frau Heller ist verschwunden. Hinz sitzt unverändert am Tisch. Ruth steht am rechten Fenster. Lautsprecherdurchsage: Auf Gleis drei erhält in wenigen Minuten Einfahrt der IC 317 Beethoven aus Bonn zur Weiterfahrt nach Berlin, über Hannover, Braunschweig, Magdeburg, Potsdam. Vorsicht bei der Einfahrt.*

RUTH Hörst du? Schon wieder Berlin. Seltsam, oder? Die halbe Welt fährt hin, nur wir nicht. Obwohl wir Berliner sind. Geborene. Mutter sogar gestorbene.

*Sie wendet sich um.*

Viel Mühe hast du dir nicht gegeben beim Lügen. Als könnten Bombenangriffe Familien ausrotten; säuberlich, vom Großvater bis zum Enkel. Aber ich hab's geglaubt. Dabei ist meine einzige Erinnerung an Mutter, wie sie mich am Dachfenster im Arm hielt und sich über englische Bomber gefreut hat. Ihren Geruch weiß ich noch: eine Mischung aus Kölnisch Wasser, Milch und Zwiebeln. Nicht wahr, Vater, wäre Mutter vom Brotholen zurückgekommen, wäre alles anders geworden? Vielleicht würden wir heute in Berlin leben; ich hätte einen Mann und Kinder, und ihr würdet uns am Wochenende besuchen kommen... Brot! Hört sich das albern an. Meine Mutter ist beim Brotholen umgekommen. Sinnlos! Da erinnert man sich besser an einen Tod im Bombenhagel.

*Der Zug fährt ein. Man hört eine betrunkene Reisegruppe lachen und singen:*

Heute blau und morgen blau
und übermorgen wieder,
und wenn wir dann mal nüchtern sind,
besaufen wir uns wieder!
Heute blau und morgen blau...

*Ruth geht zum Fenster und schaut raus. Geräusche Ein- und Aussteigender, Gepäckwagen etc.*

RUTH Immer voll die Züge. Und eine Drängelei!

*Sie stellt sich auf die Zehenspitzen mit verdrehtem Kopf, liest.*

›Hin- und Rückfahrt plus Übernachtung mit Frühstück in der zukünftigen Hauptstadt für hundertneunundneunzig Mark. Erleben Sie das neue Zentrum des Weltgeschehens hautnah!‹

*Sie sinkt zurück auf die Füße.*

Ob sie Extrazüge einsetzen, weil so viele Leute hinwollen, oder ob so viele Leute hinwollen, weil sie Extrazüge einsetzen? Sehen alle aus, als hätte man sie zum Lustigsein verdonnert. Einer zerreißt sich's Hemd... sie lachen... er versucht eine Art Bauchtanz... fällt nach hinten weg. Einer kippt sich Bier übern Kopf... Jetzt schunkeln sie...

REISEGRUPPE *off*

Heute blau und morgen blau
und übermorgen wieder,
und wenn wir dann mal nüchtern sind,

besaufen wir uns wieder!
Heute blau und morgen blau...

LAUTSPRECHERDURCHSAGE Einsteigen und Türen schließen, Vorsicht bei der Abfahrt.

*Der Zug fährt ab.*

RUTH *wendet sich vom Fenster ab* Und wenn wir danach auch nach Berlin fahren? Dann zeigst du mir mein Geburtshaus, und deins, und Mutters. Damit ich sehe, wo wir gelebt hätten. Und unser Versteck. Unser erstes! Ein Dachboden mit schiefen Wänden, einem Bett, in dem wir zu dritt geschlafen haben, einer Kochecke. Idyllisch, was? Nachmittags Gymnastik und abends hat's leise geklopft, und danach haben wir gegessen. Du hast mir Mühle beigebracht, mit Steinen aus Filz, damit sie keinen Lärm machten. Da war Mutter schon weg. Wie hast du's mir damals erklärt? Auch mit Bombenangriffen?

*Pause.*

Ich will nach Berlin, den Dachboden sehen.

Hörst du? Ich will, daß wir uns alles angucken! Alles, was uns hierher gebracht hat! *plötzlich zutraulich* ...So hast du's immer gesagt: Wenn der Tag schlecht war, muß man abends wissen warum, sonst kann man nicht einschlafen, und der nächste Tag...

*Sie wendet sich von Hinz ab.*

Aber was erzähle ich dir! *Du* hast dein Leben nicht vertan! *Du* hattest die Firma! Deine angeblichen Leiden haben dich nicht gehindert, zu arbeiten, aufzubauen, Servietten in alle Welt zu verkaufen! Während ich das Haus nicht mehr verlassen habe, krank und angewidert, und Frau Hellers Brei schlürfend, hast du mit deinen Angestellten die neuen Muster besprochen. Es hat dir nichts ausgemacht, mich dahinsiechen zu sehen.

*Hinz schaut auf.*

Natürlich: abends gab's Farben, Pinsel und Schallplatten ans Bettchen! Allein mit den verschiedenen Aufnahmen der Cello-Suiten hätte ich einen Laden aufmachen können. Frau Heller war ja ganz entzückt über so viel väterliche Liebe. Hätten tauschen sollen: die Cello-Suiten gegen ihr Moped. Bis Frau Heller gemerkt hätte, wie schlecht sie dabei weggekommen ist, wäre ich schon in Spanien gewesen. Spanisch kann ich ja. Warum eigentlich? Für den Schliersheimer Hausgebrauch hättest du mich ebensogut Altgriechisch oder irgendwelche Eskimo-Dialekte lernen lassen können? Ach nein, wolltest ja nach Südamerika...! Leider hat die Firma nicht in den Koffer gepaßt. Tja-ja, die Umstände... Und alles, was dir dazu einfällt, ist, stumm zu tun? Wegen Ströhmer?! Sei froh: Hab mich nicht mal verliebt. Dafür hätte ich viel früher weggehen müssen.

## 4

*Lichtwechsel. Etwa zehn Jahre früher. Mit Staffelei und Bett ist Ruths Zimmer angedeutet. Ruth sitzt vor einem Koffer; sie ist müde, krank. Hinz steht.*

HINZ Hast du vergessen, was wir besprochen haben? Willst du dich lächerlich machen? Deine Bilder sind noch nicht soweit. Sie werden dich auslachen, wie jedes unfertige Talent, das mit ein paar Nachmachereien daherkommt und sich was drauf einbildet. Du hast keinen eigenen Stil, deine Technik ist mangelhaft, und nur schöne Ideen machen keine Kunst. Du bist erst am Anfang, Ruth, du mußt noch lernen. Zwei, drei gute Bilder – mehr sind's nicht! Und selbst wenn du jemand findest, der sie dir ausstellt... An die Öffentlichkeit muß man mit einem Werk treten, nicht mit Zufallstreffern.

RUTH Wann werde ich ein Werk haben?

HINZ Wenn du unseren Plan einhältst, hart arbeitest und nicht den ganzen Tag im Bett liegst... in vier, fünf Jahren. Du bist auf dem besten Weg. Jetzt aufzugeben wäre ein Verbrechen. Als Werbe- oder Sonnenuntergangmalerin könntest du dich natürlich durchschlagen, aber ist das ein Ziel? Statt Meisterwerken Lohnarbeit?

RUTH *ungläubig* Ich?

HINZ Natürlich du!

*Er geht zu Ruth, streicht ihr über den Kopf.*

HINZ ...Hab ich's dir nicht immer gesagt: Du kannst eine Große werden. *wendet sich ab* Aber dafür mußt du arbeiten. Mit mir zusammenarbeiten. Statt dessen packst du hinter meinem Rücken Koffer und schreibst Züge auf.

*Er nimmt ein Notizbuch von Ruths Koffer.*

RUTH Nein!

HINZ *blättert* Sechzehn Uhr siebenundzwanzig, Hamburg. Neunzehn Uhr einunddreißig, Hamburg.

*Er klappt das Notizbuch zusammen und legt es auf den Koffer zurück.*

HINZ Kennst du noch jemand dort?

RUTH Nein, aber...

HINZ Glaubst du, jemand würde sich an dich erinnern? ... Wir sind allein! Nicht Frau Heller, nicht meine Geschäftspartner, nur du und ich. So war es von Anfang an, und so wird es bleiben!

RUTH *steht auf* Ich will weg!

*Pause.*

HINZ ...Na gut. Wie man eine Fahrkarte löst, weißt du. Aber mit Galeristen reden und eine Wohnung finden, Geld verdienen, arbeiten...! Am besten, du übst schon mal, früh aufzustehen. Muß man dann nämlich. Auch wenn man krank ist... Oder es sich einbildet!

RUTH Raus!

*Pause.*

HINZ Du hast es in der Hand, eine große Malerin zu werden, wie deine Mutter. Aber anscheinend ziehst du es vor, wie sie in den Bombenhagel zu gehen. Ich warte in meinem Zimmer auf dich.

*Hinz geht. Pause. Frau Heller (wie Ruth gealtert) kommt leise ins Zimmer.*

RUTH *leise* Frau Heller?

FRAU HELLER *hilft Ruth auf die Beine und bringt sie zum Bett* Kommen Sie.

RUTH Gelauscht?

FRAU HELLER Ich habe Sie schreien hören.

RUTH *legt sich aufs Bett* Was noch?

FRAU HELLER *weicht aus* Ich mache Ihnen einen Grog, dann schlafen Sie, und morgen sieht die Welt schon wieder ganz anders aus.

*Sie deckt Ruth zu.*

RUTH Eine Geschichte.

FRAU HELLER *lacht* Bald fallen mir keine mehr ein.

RUTH Sie erzählen so schlecht, da müssen Sie wenigstens viel erzählen.

FRAU HELLER Na, na, na, gleich wieder übermütig?

RUTH Ich war lange nicht mehr übermütig.

FRAU HELLER Das wird schon. Kommt Zeit, kommt Rat.

RUTH Ich mag, wenn Sie so reden.

FRAU HELLER Wie?

RUTH Wie eine Illustrierte.

FRAU HELLER Ich mache jetzt den Grog und dann...

*Sie will gehen.*

RUTH Warten Sie! ...Sie haben gehört, was mein Vater gesagt hat.

FRAU HELLER *zögert* Er will nur das Beste für Sie.

RUTH Aber vielleicht will ich das Beste nicht? Vielleicht bin ich für das Beste nicht gut genug? Wenn Sie an meiner Stelle wären, würden Sie hierbleiben?

FRAU HELLER *zögert* ...Was Sie immer fragen! Sie dürfen sich nicht so quälen! Eins ist sicher: sein Schicksal kann man nicht austauschen. Man muß zurechtkommen mit dem, was man hat – aber so gut es geht, und nicht so schlecht wie möglich. Sie sehen immer nur das Graue. Woanders ist es auch nicht besser.

RUTH *verächtlich* Wie soll ich das wissen?

FRAU HELLER Ich hab's schon oft gesagt, was Ihnen fehlt, ist der Glaube.

RUTH Ach! Immer, wenn Sie nicht weiterwissen, kommen Sie mir damit.

FRAU HELLER Eben drum! Weil wir Menschen oft nicht weiterwissen. Aber Gott hat für alle ein Ohr, und wenn man will...

RUTH Wie sieht der Kerl aus? Vier Milliarden Ohren?

FRAU HELLER Jetzt reden Sie doch nicht so!

*Pause.*

FRAU HELLER Ich will Ihnen doch nur helfen.

RUTH Vor meinem Vater wollen Sie mir nie *helfen.*

FRAU HELLER Ich weiß, daß er nicht mag, wenn ich davon spreche. Dabei ist er so ein... so ein guter Mensch.

RUTH Er sagt, die Kirche kann ihm gestohlen bleiben.

FRAU HELLER Das hat er bestimmt nicht gesagt! Jedenfalls nicht so. So redet er nicht.

RUTH Haben Sie eine Ahnung! Manchmal führt er Selbstgespräche, dann hört er sich an wie ein größenwahnsinniger Hausmeister.

FRAU HELLER …Vielleicht hat er mal schlechte Erfahrungen gemacht. Auch Kirchendiener sind nur Menschen. Wir hatten früher einen Pfarrer, der war… der hat… Auch Pfarrer können widernatürliche Veranlagungen haben. Möglicherweise ist Ihr Vater als Kind auf so einen getroffen.

RUTH Warum verehren Sie ihn so? Er behandelt Sie wie eine Angestellte, weiter nichts.

FRAU HELLER Aber ich *bin* seine Angestellte.

RUTH Ich kenne mich mit Geld nicht aus – bezahlt er Sie gut?

FRAU HELLER Er ist sehr großzügig.

RUTH Ach, darum! *ironisch* »Ein guter Mensch!«

FRAU HELLER Manchmal sind Sie wirklich…! Glauben Sie mir, ich würde weiß Gott nicht für jeden arbeiten! Und jetzt mache ich den Grog!

## 5

*Lichtwechsel, wie vorher. Ruth und Hinz. Die Tür geht auf. Stimmengewirr und Musik vom Saal dahinter. Die Kellnerin tritt ein.*

KELLNERIN Haben Sie geklingelt?
RUTH Er hat sich das Bier über die Hose geschüttet. Wenn Sie einen Lappen hätten?
KELLNERIN Moment.

*Die Kellnerin verschwindet.*

RUTH Peinlich, was? Feiner Herr Hinz. Hast doch immer so auf die Form geachtet. Korrektes Benehmen. Weder schmatzen noch Ellbogen auf dem Tisch. Hätte Frau Heller sich ja was denken können. Was meinst du, was die Kellnerin den Kollegen erzählt? Ein Greis, der sich in die Hosen macht.

*Sie zieht Hinz' Stuhl herum und nimmt seinen Kopf in die Hände.*

Du machst mir kein schlechtes Gewissen, und wenn deine Augen noch so traurig sind!

*Die Kellnerin kommt mit einem Lappen zurück. Ruth läßt von Hinz ab.*

KELLNERIN Berechnen muß ich's aber trotzdem.
RUTH Natürlich.

*Die Kellnerin wischt um Hinz' Füße herum.*

Vater, nimm die Füße hoch!
KELLNERIN Lassen Sie nur.
RUTH Kein Mitleid. Er tut nur so.
KELLNERIN ...Ist schon fertig.

*Sie steht auf.*

Und das Glas?
RUTH Er hat's vor Wut in die Ecke geschmissen.
KELLNERIN Macht ja nichts. Ein neues Bier?
RUTH Ja, bitte.

*Die Kellnerin geht zur Tür raus.*

Alle lieben dich, hm? Armer Alter, der sein ganzes Leben für seine Tochter geschuftet hat. Ein schönes Bild. Harmonisch. So läßt du dich von ihnen lieben. Von *ihnen*. Dabei ging es dir angeblich nur darum, mich vor *ihnen* zu retten. Hast du ihnen das mal gesagt? Hören Sie, Frau Heller, ich baue meiner Tochter ein Haus, aus dem sie nicht mehr rausgehen muß, weil ich Angst habe, Sie und Ihre Freunde könnten sie bei Gelegenheit totschlagen...

*Sie geht zu Hinz und schlägt auf den Tisch.*

Du sollst reden!

*Die Tür geht auf. Die Kellnerin kommt mit Bier und Kehrblech.*

KELLNERIN So. Wohl bekomm's!

*Sie stellt das Bier ab, macht mit einem Stift einen Strich auf den Bierdeckel und fegt dann die Scherben zusammen.*

KELLNERIN Wenn Sie etwas essen möchten, die Küche macht jetzt auf.

RUTH *zu Hinz* Wollen wir etwas essen?

*Hinz reagiert nicht. Pause. Der Kellnerin ist die Situation unangenehm.*

KELLNERIN ...Sie können sich's ja noch mal überlegen.
RUTH Nein, warten Sie. Vater, hast du Hunger?

*Pause.*

KELLNERIN Lassen Sie doch. Wenn er nicht will.
RUTH Vater!
KELLNERIN Vielleicht hole ich Ihnen erst mal die Karte.

*Sie will zur Tür.*

RUTH *während des folgenden Dialogs spricht Ruth mehr mit Hinz als mit der Kellnerin* Moment! ...Schauen Sie mich an.
KELLNERIN Bitte?

RUTH Fällt Ihnen was auf?

KELLNERIN Nein... Warum?

RUTH Und bei meinem Vater? Schauen Sie uns beide an.

KELLNERIN Sie sind müde.

RUTH Sonst nichts?

KELLNERIN Nein.

RUTH Hast du gehört, Vater? Man erkennt uns nicht. Wir sind nämlich Juden. Verstehen Sie? Juden. Mein Vater hört das nicht gerne. Er hat es fünfzig Jahre lang verschwiegen. Er sagt, um mich zu schützen. Jetzt, wo Sie's wissen, was denken Sie?

KELLNERIN Ich...

RUTH ...Na los! Stört's Sie, uns in der Wirtschaft zu haben? Oder wundern Sie sich, daß es uns noch gibt? Oder denken Sie: typisch, nichts als Ärger?

KELLNERIN Warum fragen Sie mich das?

RUTH Weil ich wissen will, was es heißt, Jüdin zu sein. Ich – bin – Jüdin! Hab's vor einer Woche erfahren. Durch Zufall. Aber es sagt mir nichts. Ich hätte zu den Toten gehören können, ja – aber sonst? Soll ich Ihnen sagen, warum mein Vater nicht spricht?

KELLNERIN Nein! Ich will das nicht hören.

*Sie sieht schnell zur Tür.*

Ich muß wieder an die Arbeit.

RUTH Ich will aber, daß Sie's hören! Und daß mein Vater hört, daß Sie's hören. Sie werden doch ein paar Minuten Zeit haben? Oder bin ich Ihnen unangenehm? Sollte mein Vater doch recht haben?

KELLNERIN Nicht so laut!

*Sie sieht zur Tür, dann zu Ruth, leiser.*

...Ich kenn mich da nicht aus. Damit hab ich nichts zu tun.

RUTH Ich wollte Ihnen eine Geschichte erzählen.

KELLNERIN Ich will Ihre Geschichte aber nicht!

RUTH Warum nicht? Erklären Sie's mir!

KELLNERIN ...Wenn Sie etwas wünschen, klingeln Sie bitte.

*Sie geht zur Tür, sieht sich noch einmal um, geht raus.*

6

*Lichtwechsel. Einige Monate früher. Mit einem Ledersessel, einer Leselampe, einem Teppich und einem Teetisch mit Glas und Cognacflasche ist Hinz' Zimmer in Schliersheim im ersten Stock angedeutet. Durch das rechte Fenster sieht man die Spitze eines Kirschbaums, durch das linke eine Hügellandschaft. Die Fenster stehen offen. Hinz dreht am Radio, bis er klassische Musik findet. Ehe er sich setzen kann, klingt die Musik aus.*

RADIOSPRECHERIN Nach unserem Wunschkonzert bringen wir nun in der Reihe ›heute–morgen–übermorgen‹ eine Sendung mit dem Titel: ›Elf Monate, die die Welt veränderten – Deutschland auf dem Weg zur Einheit‹.

*Edelmann hört gebannt zu.*

RADIOSPRECHER Liebe Hörerinnen, liebe Hörer,

wir möchten dieser Sendung ein Tondokument voranstellen, das vielleicht am deutlichsten macht, wie ergreifend die letzten Monate waren, aber auch wie schwer und – erstaunlicherweise – umstritten. Aber hören Sie selbst eine Aufnahme vom zehnten November 89 vor dem Balkon des Schöneberger Rathauses in Berlin, wo die Spitzen von Regierung und Opposition ein wichtiges, ja großes Zeichen setzten.

*Es folgt das Absingen der deutschen Nationalhymne durch Kohl, Brandt und Momper, eine Originalaufnahme.*

Einigkeit und Recht und Freiheit für das…

*Hinz dreht wütend das Radio ab. Er trinkt einen Schluck Cognac.*

HINZ In der Fußgängerzone war alles mit Parolen beschmiert. Halbstarke, die man nicht ernst nehmen dürfe – Ha ha! Weißt du, wie unsere feinen Bekannten dasselbe gesagt haben? Diesmal schreibe ich alles auf. Mit wem könnte ich hier darüber reden?

*Während er den Teppich beiseite schiebt, eine Diele löst und aus dem Versteck ein Foto seiner verstorbenen Frau und ein Notizbuch zieht.*

Es wären nun mal nationale Zeiten, sagt Frau Heller, die gingen vorbei. Aber die gehen nicht vorbei, die treten einem die Tür ein! ...Alle großen Sauereien haben am Anfang lächerlich gewirkt. ...Hier! Hör zu... *liest* ...immer spürte ich hinter der Maske von internationalem Warenaustausch das nationale Brodeln. Die Amerikaner waren nicht Vorbild, sondern Abziehbild: schnell aufzutragen und leicht abwaschbar. Vierzig Jahre...

*Er trinkt einen Schluck.*

...haben die Westdeutschen Identitätsprobleme und moralische Last geheuchelt, dabei war ihr einziges Problem, daß sie Verlierer waren und ein geteiltes Land bewohnten. Wer spricht seit der Wiedervereinigung noch von Identität oder Last... *trinkt* ...unter schwarzrotgoldener Einigkeit und triumphalem Mauerbrockengesammle wird das Verbrechen der Deutschen gleichzeitig unter den Teppich gekehrt und wiedergeboren... *läßt das Notizbuch sinken* Wie findest du das? *nickt* Du hättest es besser geschrieben. Hättest es sogar malen können. Bei mir muß es einfach nur raus. *trinkt* Von wegen Halbstarke! Frau Heller wollte den neunten November mit Champagner feiern. *lacht verbittert* Der neunte November – als hätten sie's geplant! Was sage ich mit ›Champagner‹, natürlich mit Sekt. *trinkt* Und sonntags in die Kirche. Warte, ich lese dir einen Witz vor. Mein Witz. *blättert im Notizbuch* Das hättest du nicht gedacht, daß ich noch anfange, Witze zu erfinden... *liest* Was ist der Unterschied zwischen einem evangelischen und einem katholischen Massenmörder? – Der evangelische leidet darunter. *lacht* Ob ich den mal im Betriebsrat erzählen soll? *trinkt* Zweimal im Jahr sammelt Frau Heller für ›Alte Menschen in Not‹. *äfft nach* »Das ist mein soziales Engagement, Herr Hinz. Jeder sollte soziales Engagement...« – was denn?! Haben, machen, bauen, basteln, kotzen? – »...zeigen, Herr Hinz. Oh ja! Jeder sollte ein bißchen soziales Engagement zeigen!« *blättert im Notizbuch, liest* Sozial sein heißt in Deutschland vor allem national sein. Siehe völkischer Zusammenhalt, Brüder und Schwestern, etcetera. Die Ausrottung der Juden ist auch damit begründet worden, sie seien »außergewöhnlich schädliche Fresser« – Unsoziale, Asoziale, keine Deutschen. Als in Schliersheim ein Flüchtlingsheim eingerichtet wurde, meinte Frau Heller, das sei unsozial gegen die Schliersheimer Bevölkerung...

*Trinkt, hält plötzlich inne, stellt das Glas ab, schleicht zur Tür, schließt und zieht sie mit einem Ruck auf. Niemand da. Er schließt wieder ab, geht zurück zum Teetisch, trinkt.*

Wie sie um uns herumscharwenzelt! Je älter die Heller wird, desto unerträglicher. Ruth war viel zu eng mit ihr. Aber konnte ich ahnen, daß sie Ruth keine Minute in Ruhe gelassen hat? Sobald ich aus dem Haus war, hat sie sie beschwätzt und ausgefragt, mit Geschichten und Bauernweisheiten vollgepumpt und daran gehindert, zu malen. Dabei hat Ruth Talent. Wie du. Was ihr fehlt, ist Disziplin. Bei dir konnte kommen, was wollte, sobald du was Neues gesehen hattest, schon warst du hinterm Zeichenblock...

*Er geht zu der losen Diele, zieht eine kleine Mappe heraus und bleibt auf den Knien am Boden sitzen.*

...Weißt du noch? *legt die Bilder vor sich auf den Boden* ...unser Haus... die Pestalozzistraße... deine Mutter... der alte Klepke *lacht* ...unser Küchenfenster... Stilleben mit Brötchen... Kurt auf dem Fahrrad... der Wannsee...

*Er betrachtet die Bilder, räumt sie dann abrupt zurück in die Mappe, legt die Mappe ins Versteck und schließt die Diele.*

Sobald Ruth wieder auf den Beinen ist, sorge ich dafür, daß sie jeden Tag mindestens vier Stunden vor der Staffelei sitzt. Überhaupt braucht sie einen geregelten Tagesablauf: morgens Gymnastik – Gymnastik ist das A und O –, danach Gartenarbeit, Mittagessen und nachmittags Malen. Und abends gehe ich mit ihr spazieren. Gleich heute fange ich damit an. Herumliegen macht sie auch nicht gesünder. Gestern hatte sie's am Rücken, heute am Magen, und morgen am Kopf oder wer weiß wo! ...Nicht wahr? ... Oder...

*Pause.*

Du weißt, was wir uns versprochen haben? Wenn wir überleben sollten, darf Ruth nie darunter leiden. Aber wenn nur einer überlebt? Wie hätte ich ihr die Wahrheit sagen können...? *stockt, trinkt* ...wegen dem Kind bist du Brot holen gegangen! Wir hätten es doch noch gut ein paar Tage ausgehalten. Und ich konnte dir nicht hinterher, irgendwas versuchen – ich mußte überleben, mußte Brei kochen und Schlaflieder singen!

*Pause, trinkt.*

Hättest du mir verziehen, wenn ich das Kind alleine gelassen hätte? Irgend jemand hätte es schon durchgefüttert. Aber so... ich habe versucht, alles so zu machen, wie du es wolltest, aber es ging nicht. Das Kind warst du, aber du warst tot. Wenn Ruth alleine auf die Straße gegangen ist, bin ich vor Angst gestorben, und wenn sie Hunger hatte, habe ich sie gehaßt. Und es waren immer noch dieselben Straßen, derselbe Bäcker, dasselbe Brot! Aber wohin? Nach Palästina in den nächsten Krieg? Oder nach Amerika, ohne einen Pfennig in der Tasche? Nein, ich mußte Arbeit finden und Geld verdienen, erst dann konnte ich weitersehen... Überleben, überleben, überleben!

*Pause.*

FRAU HELLER *von unten; off* Das Essen ist fertig!

*Pause. Hinz verstaut Notizbuch und Foto unter der Diele, geht aus dem Zimmer und schließt von außen ab.*

## 7

*Lichtwechsel. Ausstattung wie vorher. Abenddämmerung. Durch das linke Fenster gleiten Autoscheinwerfer durch das Zimmer. Ruth steht davor. Kommen die Scheinwerfer von links, zählt sie für die erstgenannte Ziffer, kommen sie von rechts für die zweite. Hinz liegt auf zwei Stühlen, die Augen geschlossen.*

RUTH *Scheinwerfer von links* Sieben zu neun. *Scheinwerfer von rechts* Sieben zu zehn. *Scheinwerfer von rechts* Sieben zu elf. *Zweimal Scheinwerfer von links* Acht zu elf, neun zu elf.

*Pause.*

Jeden Abend habe ich am Fenster gestanden und gezählt. Oft habe ich dich unten Klavier spielen gehört. Manchmal auch singen oder Reden halten. Wenn Frau Heller gegangen war, hast du dir den Cognac geschnappt und ab ans Klavier. *Scheinwerfer von rechts* Neun zu zwölf. Hast alte Schlager gespielt und Selbstgespräche geführt: wie ihr als Großeltern gelebt hättet, alt und glücklich in einem Haus am Meer. Nächstes Jahr in Capri! War das euer Traum? Ein Haus auf Capri? Die SA vor der Tür, habt ihr euch eine Zukunft mit Badeschlappen und Sonnenuntergängen ausgemalt? Wie jung und blöd wart ihr denn?! *Scheinwerfer von rechts und zweimal von links* Neun zu dreizehn, zehn zu dreizehn, elf zu dreizehn. Schneider wolltest du werden, Modemacher! Warum nicht in Amerika? Oder in Afrika, oder China? In einem zivilisierten Land? Irgendwo, wo Mutter vom Brotholen zurückgekommen wäre? Nein, lieber habt ihr euch versteckt und auf englische Bomben gehofft. *Scheinwerfer von rechts* Elf zu vierzehn. Englische Bomber gegen deutsche Abwehr. Gute Lichter gegen böse. Und ich hab's, seit ich denken kann, weitergespielt. Jeden Abend Schliersheim gegen Henningsdorf und je nachdem, wer gewinnt… Gestern Henningsdorf, ein gutes Zeichen. *Scheinwerfer von rechts* Elf zu fünfzehn. Hast du dich nie gefragt, was das alberne Scheinwerferzählen sollte? Natürlich nicht. Du erinnerst dich noch ganz genau, wie Mutter mit mir an der Dachluke gestanden hat, unter uns die brennenden Straßen, und sich gefreut hat, wenn's mehr Bomber als Abwehrgeschütze waren. In Schliersheim habe ich Laub und Äste immer abends verbrannt. Dann bin ich hoch in mein Zimmer, habe aus dem Fenster ins Feuer geschaut und hatte Mutters Geruch in der Nase. Haben bloß noch Sirenen und Flugzeugbrummen gefehlt. Lustig, nicht? Sicher war ich die einzige im Kreis Schliersheim, die über die Tiefflieger, die täglich übers Tal donnerten, froh war. *Zweimal Scheinwerfer von links* Zwölf zu fünfzehn, dreizehn zu fünfzehn. Noch als Greisin hätte ich Scheinwerfer gezählt, um zu wissen, ob ich am nächsten Morgen aufstehe oder liegenbleibe. Hast du dich nicht geschämt? Mir zu erzählen, die Bomben, die sie herbeigesehnt hat, hätten sie umgebracht? Und alles andere: daß du kriegsuntauglich gewesen wärst, und keine Familie in Berlin, kein Geld, und deswegen der Dachboden, und und und... Nein, du hättest mir die Wahrheit nicht gesagt. Du wärst in dem Irrsinn gestorben, das Beste draus gemacht zu haben. Und wer konnte schon damit rechnen, daß die Mauer fällt? Und daß ein Nachbar von damals dich auf dem Zeitungsfoto erkennt? Ströhmer sagt, er hätte sich sofort erinnert: an den stummen jungen Mann mit Tochter. Und jetzt war der junge Mann Chef eines hochgepriesenen Unternehmens im Westen und trug einen Nazinamen. Als hättest du's geahnt. Kein Tag seit dem Mauerfall, an dem du nicht schon mittags betrunken warst. *Zweimal Scheinwerfer von rechts* Dreizehn zu sechzehn, dreizehn zu siebzehn. *ironisch* Hörst du? Wenn's so weitergeht, verlieren wir heute.

## 8

*Lichtwechsel. Eine Woche früher. Mittags. Hinz' Zimmer. In Hinz' Sessel sitzt Ströhmer. Er ist sportlich gekleidet und gebräunt. Hinz steht am Fenster.*

STRÖHMER Dreimal umsteigen und jedesmal in ne Bimmelbahn. Dazu der Reichsbahngestank. Muß man immer'n Fläschchen Parfum dabei haben. Am besten, sie würden die Waggons dem Russen schenken. In Sibirien wär's Luxus-Klasse...

*Er lacht; Pause.*

Wirklich nett hier. Scheinst dein Leben gemeistert zu haben.

*Pause.*

STRÖHMER Aber daß du dich ausgerechnet Hinz nennst... Wenn das der alte Hinz noch erfahren hätte! Der Jude Edelmann, bei dem er sich immer gefragt hat, wie er ihm durch die Lappen gehen konnte, übernimmt seinen SS-Sturmbannführernamen, um nicht mehr Jude zu sein. Saukomisch. Aber warum? Der Krieg war vorbei, und Auschwitz geschlossen, sozusagen...? He, he, he, ich bin der kleine Ströhmer von nebenan, der dir fünfundvierzig den Ofen repariert hat! Du kannst mit mir reden, bitte!

*Pause.*

Besonders gesprächig warst du ja nie, aber wenigstens höflich. Zu trinken bekomme ich wohl nichts?

HINZ Was wollen Sie?

STRÖHMER Mein Gott, Edelmann, sei nicht so verdammt hochnäsig! Ich bin hergekommen, um... sagen wir, weil mich die Wirrungen des Lebens interessieren. *lacht* Außerdem kann ich endlich reisen, und da dachte ich mir, warum nicht einen alten Bekannten besuchen... Ah, ich weiß: unter den Juden soll es damals ja ganz schlimme Nationale gegeben haben. Ihr Pech, daß sie nicht mitmachen durften. Hast es wohl nachgeholt?

HINZ Sie...!

STRÖHMER Wer wird sich denn gleich so aufregen? Oder habe ich ins Schwarze getroffen?

HINZ Die Chance, hier ein halbwegs normales Leben zu führen, schien mir für einen ehemaligen Nazi größer als für einen Juden! Ein Nazi blieb Deutscher, ein Jude Jude!

STRÖHMER Von mir aus. Na und? Dafür standen den Juden alle Türen offen. Ihr wurdet doch behandelt wie eine vom Aussterben bedrohte Tierart... ich meine... *lacht* ...Es ist aber auch verflixt, was euch betrifft, müßte man die Sprache neu erfinden. Aber im Ernst: vor lauter schlechtem Gewissen haben sie euch doch gegeben, was ihr wolltet.

HINZ Und die Schuld dazu.

STRÖHMER Schuld?

HINZ Wir waren schuld an eurer Schuld. Wären wir nicht gewesen, hättet ihr uns nicht vergast.

STRÖHMER Moment, Moment! Ich habe niemanden vergast!

HINZ Solange *den* Juden die Türen offenstanden, haben *die* Deutschen sie vergast!

STRÖHMER Ach, Wortklauberei! *amüsiert* Und die Theorie von der Schuld an der Schuld... Sollen sich schon Gedanken im Hirn verlaufen haben.

HINZ So? Aber ohne uns hättet ihr die Energie, die ihr in die KZs gesteckt habt, an der Front einsetzen können und den Krieg vielleicht gewonnen. Und selbst, wenn ihr ihn trotzdem verloren hättet, wärt ihr immerhin Verlierer gewesen. So hattet ihr Tote und zerstörte Städte und trotzdem kein Recht zu jammern. Ihr wart besiegte Mörder und würdet es bleiben, und kein anderer als ihr selbst war da, dem ihr die Verantwortung geben konntet. Verstehen Sie? Wenn wir euch, nach eurer Meinung, schon als Lebende geschadet haben, dann erst recht als Tote. Und paßt das nicht ins Bild vom hinterlistigen Juden? Nicht mal umbringen konntet ihr ihn, ohne daß er euch aufs Kreuz legt. Da wäre euch nach dem Krieg ein ordentliches Rache-Pogrom gerade recht gewesen. Aber Hitler hat versagt: er hätte seine Wissenschaftler beauftragen müssen, daß sie einen Juden erfinden, den man zweimal totschlagen kann.

STRÖHMER *lacht* ...Aber die Ehrennadel von den Mördern hast du angenommen. Wie stand's in der Zeitung? Hermann Hinz, der sich um die

Wirtschaft des Landes Niedersachsen in außerordentlicher Weise verdient gemacht hat. Ich dacht, ich fall vom Stuhl, als ich den Namen lese und dein Foto sehe. Älter bist du natürlich geworden, aber sehr verändert hast du dich nicht. Naja, bei so einer Ehrennadel vergißt man wahrscheinlich die ein oder andere Abneigung...

HINZ Ich habe die Nadel nicht angenommen, sie kam mit der Post! Und weil irgendwelche Beamten sich das ausdenken, habe ich mich noch lange nicht um dieses Land verdient gemacht. Im Gegenteil: Ich hinterziehe Steuern und schaffe so wenig Arbeitsplätze wie möglich. Ich habe diese Nadel nicht verdient und mir auch nicht verleihen lassen!

STRÖHMER *lacht* Die Rede solltest du vorm Wirtschaftsverband halten. Das würde sicher nett. ...Weiß deine Tochter von dem Arrangement?

*Pause. Hinz schaut Ströhmer an.*

...Du mußt verrückt sein!

HINZ Ich habe den Namen angenommen, um meine Tochter zu retten!

STRÖHMER Wer's glaubt... Jedenfalls scheint dir

das Geheimnis ziemlich wichtig zu sein... Im Vergleich zu dir verlief mein Leben finanziell weniger glücklich. Im Osten bekam man Ehrennadeln für viel arbeiten, nicht für viel verdienen. Jetzt bin ich Aushilfe bei ner Zeitung im Archiv. Schwarz, und viel kommt nicht rüber. Und euch haben wir's zu verdanken, daß alles teurer wird...

HINZ Wenn Sie meiner Tochter etwas sagen...

STRÖHMER Tja...

*Pause.*

HINZ Wieviel?

STRÖHMER Die paar Jahre, die ich noch habe, wäre ich gerne ohne Sorgen.

HINZ ...Wo wohnen Sie? ... Im Ort gibt's ein Hotel, Zum Goldenen Hirsch, morgen um vier.

*Ströhmer nickt.*

Und jetzt raus!

STRÖHMER *während er aufsteht* Schämst du dich eigentlich gar nicht? Mit diesem Namen Karriere zu machen?

HINZ Und Sie?

*Hinz schließt die Tür auf. Ruth steht im Bademantel davor, sie hat alles mitgehört.*

STRÖHMER ...Die kleine Ruth!

## 9

*Lichtwechsel. Ausstattung wie vorher. Draußen ist es dunkel geworden, und es regnet. Hinz sitzt alleine am Tisch. Lautsprecherdurchsage: Auf Gleis vier erhält Einfahrt der IC 711 Goethe aus Frankfurt zur Weiterfahrt nach Berlin über Hannover, Braunschweig, Magdeburg, Potsdam. Vorsicht bei der Einfahrt.*
*Der Zug fährt ein. Geräusche und Rufe Ein- und Aussteigender, Gepäckwagen etc. Eine Reisegruppe singt:*

*Schlachtruf:*
Olee, oleoleolee, Superdeutschland – olee!
Olee, oleoleolee, Superdeutschland – olee!
Lothar Ma-thäää-us! *rhythmisches Klatschen*
Lothar Ma-thäää-us! *rhythmisches Klatschen*
Lothar Ma-thäää-us! *rhythmisches Klatschen*

*Ruth kommt durch die Tür (Stimmengewirr und Musikbox). Sie ist vom Regen naß geworden.*

RUTH *während sie ihren Mantel auszieht* Unglaublich! Sie wissen nicht, warum er Verspätung hat, sie wissen nicht wieviel, sie wissen nicht mal, ob er überhaupt noch kommt!

*Sie schmeißt den Mantel über einen Stuhl, Scheinwerfer von links.*

Zweiunddreißig zu neununddreißig. *geht zum rechten Fenster* Aber nach Berlin fährt alle halbe Stunde einer! Warum wir nicht über Berlin fahren würden? Na, gucken Sie sich die Züge an, möchten Sie da drin die halbe Nacht verbringen? ›Oooch, sind doch alles nette Leute, nur etwas ausgelassen.‹

LAUTSPRECHERDURCHSAGE Einsteigen und Türen schließen, Vorsicht bei der Abfahrt!

REISEGRUPPE *Gesang*

Olee, oleoleolee, Superdeutschland – olee!
Olee, oleoleolee, Superdeutschland – olee!

*Der Zug fährt ab.*

RUTH *sieht aus dem Fenster* Mauerfall, Weltmeister, Wiedervereinigung, Hauptstadt Berlin, und alles im Suff.

*Die Tür geht auf (Stimmengewirr und Musikbox). Die Kellnerin kommt mit einem Tablett, auf dem drei Bier und drei Schnäpse stehen. Sie wirft einen kurzen Blick zu Hinz und Ruth. Ihr folgen die Schaffner 1 und 2 und die Schaffnerin. Alle drei sind in Uniform und tragen schwarze Taschen. Die Schaffner 1 und 2 sind Anfang Zwanzig, die Schaffnerin Ende Dreißig. Die Scheinwerfer, die ab jetzt durchs Zimmer gleiten, zählt Ruth stumm.*

SCHAFFNERIN *zu Ruth und Hinz* Mahlzeit!

*Ruth nickt. Die Schaffner 1 und 2 sehen unauffällig in Ruths und Hinz' Richtung. Die Kellnerin stellt die Getränke ab, und die Schaffner setzen sich an den Tisch.*

SCHAFFNERIN Was'n Tag!
KELLNERIN Darf's sonst noch was sein?
SCHAFFNERIN Was ist, Kinder? Gleich die nächste Runde? *lacht*

*Die Schaffner 1 und 2 fallen ins Lachen ein.*

SCHAFFNER 1 Na klar!
SCHAFFNERIN Also noch mal das gleiche.
KELLNERIN Kommt sofort.

*Sie geht.*

SCHAFFNERIN Tja dann: Prost, Kinder!
SCHAFFNER 1 Prost!
SCHAFFNER 2 Prost!

*Sie kippen die Schnäpse.*

SCHAFFNERIN *seufzt zufrieden, sinkt zurück* Heute nachmittag dachte ich wirklich: scheißegal, beim nächsten Halt steig ich aus.
SCHAFFNER 1 *lacht* Das wär ja mal was, mitten in der Tour!
SCHAFFNERIN Na und?
SCHAFFNER 1 Stell mir nur das Gesicht vom Rademann vor.
SCHAFFNERIN Kann mich mal. Ehrlich, heute nachmittag war ich kurz davor. Dieses Pack!
SCHAFFNER 2 So isses immer, wenn Schulferien sind.

SCHAFFNERIN Was du nicht sagst.

*Schaffner 1 lacht.*

SCHAFFNER 2 Mein ja nur.

SCHAFFNERIN Ich schwör euch, nächstes Jahr fahr ich nicht mehr über die Dörfer, nächstes Jahr bin ich im IC! Prost!

SCHAFFNER 1 und SCHAFFNER 2 Prost!

*Sie trinken Bier.*

SCHAFFNER 2 Tja-ja.

*Pause. Ruth steht immer noch am Fenster und beobachtet die drei. Schaffner und Schaffnerin sehen nacheinander zu ihr rüber, werfen sich dann Blicke zu und grinsen.*

SCHAFFNERIN *leise* Hab noch nie echte gesehen, immer nur im Fernsehen.

SCHAFFNER 1 *kichert* Uuund umgeschaltet!

SCHAFFNERIN Brauchste aber Kabel.

SCHAFFNER 1 Tja, wer heult, zahlt mehr. Geld.

SCHAFFNERIN So kann man's auch nennen.

SCHAFFNER 1 Na klar. Filme, Bücher, Zeitungen. Und geschickt gemacht! Gibt's was anderes, was fünfzig Jahre alt ist und so'n Umsatz einfährt?
SCHAFFNERIN Coca Cola.

*Die drei Schaffner lachen. Die Kellnerin kommt mit Bier und Schnaps durch die Tür und serviert.*

KELLNERIN Möchtet ihr was essen?
SCHAFFNER 2 Was gibt's?
KELLNERIN Gulasch mit Reis, Kotelett mit Salat und Bratkartoffeln, Curryhuhn und Erbsensuppe mit Würstchen.
SCHAFFNER 2 *schaut die beiden anderen an* Ihr nichts?

*Schaffnerin und Schaffner 1 schütteln den Kopf.*

Das Kotelett.
SCHAFFNERIN Dazu noch ne Runde.
KELLNERIN Wird gemacht.

*Geht.*

SCHAFFNERIN Prost!

SCHAFFNER 1 und SCHAFFNER 2 Prost!

*Sie kippen die Schnäpse.*

SCHAFFNER 1 Hättest ja jetzt nicht unbedingt das Kotelett nehmen müssen...

SCHAFFNER 2 Warum?

SCHAFFNER 1 *leise* Vielleicht stört unsere Nachbarn der Schweinegeruch.

*Die drei Schaffner lachen.*

RUTH Warum lachen Sie?

*Die Schaffner wenden sich ihr zu. Hinz sieht auf.*

SCHAFFNERIN Wird ja wohl noch lachen dürfen.

RUTH Werd ja wohl noch fragen dürfen.

SCHAFFNER 1 Hoho, ne ganz Aufgeweckte.

*Die drei Schaffner kichern und wenden sich wieder ihrem Bier zu.*

RUTH Ist irgendwas komisch an uns?

SCHAFFNERIN Aber nein, überhaupt nicht.

SCHAFFNER 1 Unsinn.

*Die drei Schaffner kichern.*

RUTH Hat die Kellnerin was erzählt?
SCHAFFNERIN Die Kellnerin?
SCHAFFNER I Welche Kellnerin?

*Die drei Schaffner lachen. Pause. Hinz starrt Ruth an.*

Mein Großvater ist auch im KZ umgekommen… besoffen vom Wachturm gefallen.

*Die drei Schaffner lachen. Pause. Die drei Schaffner trinken Bier.*

RUTH Was hat sie Ihnen erzählt? Sagen Sie's mir. Hat sie gesagt: drin sitzen zwei Juden? Warum? Weil's selten ist? Wie hat sie uns beschrieben?
SCHAFFNERIN Hören Sie mal auf, uns hier anzuquatschen!
RUTH …Was haben Sie gedacht? War es Ihnen unangenehm, oder hat es Sie neugierig gemacht?
SCHAFFNER I Jetzt lassen Sie uns endlich in Ruhe!

*Er hebt den rechten Arm zum Hitlergruß.*

RUTH Daran haben Sie gedacht? Wahrscheinlich ist das normal. Aber dann? Ich meine, nach dem Witz?

*Pause.*

Oder finden Sie's einfach nur lustig? Jude, Hitler, KZ – zum Lachen. Ist es das? Oder schämen Sie sich?

SCHAFFNER I *inzwischen ziemlich angetrunken* Ich glaub, ich spinne!

SCHAFFNERIN Komm, beruhig dich. Ist ja gut. Sie kapiert's nicht.

RUTH Was denn? Erklären Sie's mir. Was kapiere ich nicht? Haben Sie keine Angst.

SCHAFFNERIN Angst?

SCHAFFNER I *brüllt* Angst?!

HINZ *ist aufgestanden* Ruth!

SCHAFFNER I Jetzt fängt der Opa auch noch an!

HINZ *brüllt* Was haben Sie gesagt?!

SCHAFFNER I Jetzt reicht's mir aber…!

SCHAFFNERIN Hör auf! Der kippt doch gleich um…

*Sie sieht zu Hinz, während die Kellnerin mit dem Kotelett durch die Tür kommt.*

...der Jude.

*Die Kellnerin bleibt stehen.*

SCHAFFNER 2 Ah, mein Kotelett!
RUTH Was haben Sie denen über uns erzählt?
KELLNERIN ...Nichts. Gar nichts.

*Sie geht zu den Schaffnern.*

Einmal Kotelett.

SCHAFFNERIN *steht auf* Wir gehen rüber. Is endlich Ruhe.

*Schaffner 1 und 2 stehen auf und nehmen ihr Bier.*

RUTH *zur Kellnerin* Die ganze Zeit wurde über uns gelacht.
KELLNERIN Warum erzählen Sie mir auch so komisches Zeug!

SCHAFFNER 1 *zu Ruth* Merken Sie nicht, daß Sie uns stören?!

KELLNERIN Wenn ihr euch streiten wollt, dann draußen.

*Sie geht.*

SCHAFFNERIN *zu Schaffner 2* Dein Kotelett.

*Die Schaffner gehen. Die Tür fällt zu. Hinz und Ruth sehen sich an.*

HINZ Komm her.

## 10

*Lichtwechsel. Eine Woche früher. Nachmittags. Hinz' Zimmer. Das Versteck im Boden ist offen. Bilder und Notizbuch liegen im Zimmer verteilt. Ruth und Hinz. Ruth hält das Foto der Mutter in der Hand (nicht um es anzugucken, sondern als hätte sie Angst, sobald sie es aus der Hand legt, könnte es wieder verschwinden).*

RUTH *Pause; wartet ungeduldig* ...Wir sind vom Dachboden in einen Schrebergarten gezogen, bis die Russen kamen – weiter!

HINZ ...Fünf...

RUTH *unterbricht* ...Jahre, ich weiß! Versteckt, verzweifelt, vergast! Aber danach?!

HINZ ...Als wir zu unserer alten Wohnung kamen, sind uns zwei Nachbarn von früher begegnet, bis gestern Nazis. Erst haben sie sich gewundert, dann freundlich getan. Als ich einfach weiter gegangen bin, haben sie mich gegen die Wand gedrückt und gedroht: wenn ich sie verrate, würden sie dich totschlagen...

RUTH Hattest du Blumen erwartet?

HINZ ... In der Wohnung war alles wie früher; dasselbe Parkett, dieselben Bäume vorm Fenster, und auf der Tapete noch die Farbspritzer von Lizzys Malerei. Wir waren wie Tote beim Besuch ihrer eigenen Gedenkstätte, als müßten wir alles selber machen. Dann habe ich Verwandte und Freunde gesucht; von Tür zu Tür, von einer Nichtauskunft zur nächsten. Es war lächerlich.

RUTH Wie lange hast du gesucht?

HINZ *sieht Ruth an* So lange, wie wir es verkraftet haben. ...Ich war nicht alleine.

RUTH Hättest mich bei den Nachbarn lassen können.

HINZ Bei Leuten, die uns nicht mal gegrüßt haben? Immer wenn wir ihnen begegnet sind, sind sie verstummt. Wenigstens das, hatten sie gedacht, sei erledigt. Jetzt hatten sie Angst vor uns. Eine Nachbarin hat mich um Verzeihung gebeten, und daß man wieder zusammenleben solle wie früher. Dann ist ihr Mann aus der Gefangenschaft zurückgekommen und hat jede Nacht besoffen im Treppenhaus herumkrakeelt:

er habe fürs Vaterland ein Bein verloren, aber ich, der jüdische Saboteur, habe eine größere Wohnung als er.

RUTH Und da hast du's angefangen?

HINZ Ich hab's nicht *angefangen*... Ich hab einfach nichts mehr erzählt. Wem auch? Und warum? Mitleid oder Haß. ...Aber das war es gar nicht. *Ich* mußte einen Schlußstrich ziehen. Wie hätten wir sonst weiterleben können?

RUTH Wir?

HINZ Hättest du dir einen Vater gewünscht, der anfängt zu zittern, wenn er junge Frauen beim Einkauf sieht? Dem schwarz vor Augen wird, wenn er Autoabgase riecht? Einen Vater, dem alles, seien es Hunde oder Volkslieder, unerträgliche Symbole sind? Nein, unsere einzige Chance war, daß ich vergesse.

RUTH Und daß du den Namen eines Nazis annimmst.

HINZ *brüllt plötzlich* Hast du eine Ahnung, was es heißt, Anton Edelmann zu heißen?! Du solltest mir dankbar sein! Was glaubst du denn, wie es dir in der Schule ergangen wäre? Wie sie dich angegafft hätten?! Kinder, die eben noch gesungen haben ›Der Führer hat gerufen‹! Du weißt ja nicht mal, wie es ist! Deutschland den Deutschen! Für dich hab ich's getan! Für dich!

RUTH Kann's nicht mehr hören! Was ist denn dabei rausgekommen – für mich?! Immer gab's das große Unbekannte, das Schreckliche, das Bedrohliche, von dem ich nicht wußte, was es ist, bloß daß es da ist, ständig und überall! Wie Krebs hab ich's mit mir rumgeschleppt! Deine Nazis wären stolz auf dich! Foltermeister Edelmann!

*Pause.*

Und jetzt?

HINZ Sind wir wieder die Juden.

RUTH Es geht doch nicht um Juden!

HINZ Frau Heller hat heute gekündigt. Sie sagt, sie fühle sich in ihrem Vertrauen mißbraucht.

RUTH Welchem Vertrauen?

HINZ Wahrscheinlich haben ihre Kirchentanten die Kündigung beschlossen.

RUTH So schnell spricht sich das rum.

HINZ Vielleicht erzählt es Ströhmer. Er hat sich im Goldenen Hirsch ein Zimmer genommen.

RUTH Ich weiß.

*Pause. Hinz sieht Ruth an.*

HINZ ...Ein Schwein! Von wegen gute Nachbarn. Sein Vater war in der Partei und er bei der HJ, und wenn er alt genug gewesen wäre...

RUTH Laß sein. Ich bin mit ihm verabredet.

HINZ Bist du nicht! ...Ruth!

RUTH Mit fünfzig werde ich mich wohl mit einem Mann treffen können.

HINZ Nicht mit dem HJler!

RUTH Als SS-Obersturmbannführertochter sollte mich das wenig stören.

*Geht zur Tür.*

Wir reden später weiter.

HINZ Wenn du zu ihm gehst, reden wir nie mehr!

RUTH Brauchst heute abend nicht auf mich zu warten.

HINZ Ruth!

*Ruth verläßt das Zimmer.*

## 11

*Lichtwechsel. Ausstattung wie vorher. Viel später. Nacht. Es regnet immer noch. Hinz und Ruth sitzen am Tisch. Hinz raucht.*

RUTH Hör jetzt nicht wieder auf.

HINZ Ich überlege.

RUTH Wie hast du sie kennengelernt?

HINZ Am Wannsee. Lizzy ist mir mit ihrem Bruder entgegen gekommen. Sie haben Eis gegessen, und das erste, was ich von ihr gesehen habe, war, wie sie ihrem Bruder das Bein gestellt hat, und er in eine ältere Dame gerauscht ist. Sie war das Gegenteil von mir: frech und aufsässig, und oft hat sie mich ausgelacht, weil ich ihr zu korrekt war.

*Scheinwerfer von rechts. Ruth sieht auf, zählt stumm.*

HINZ Ein Wirbelwind. Ich dagegen…

RUTH Sie hatte keine Angst.

HINZ Nein.

RUTH Sie ist Brot holen gegangen.

HINZ Meistens bin ich gegangen.

RUTH Am entscheidenden Tag nicht.

HINZ Sie hat den Dachboden nicht mehr ausgehalten.

RUTH Ohne Kind hättet ihr es einfacher gehabt.

HINZ Nein, das war ganz egal. Irgendwelche Regeln, um es einfacher oder schwerer zu haben, gab es nicht. Es hing alles nur davon ab, ob man – Glück hatte.

*Pause.*

RUTH Wir werden uns von ihr verabschieden.

HINZ Falls der Zug kommt.

RUTH Irgendwann muß er kommen. Hast du nie überlegt, ihr Grab zu besuchen?

HINZ Nein.

RUTH Du wärst gestorben, und das letzte, was du für sie getan hättest, wäre gewesen, die Dachbodentür hinter ihr zu schließen?

HINZ Man kann nicht versuchen zu vergessen und gleichzeitig nach Auschwitz fahren.

RUTH Man kann überhaupt nichts gleichzeitig, wenn man versucht, seine Geschichte zu vergessen.

HINZ Meine Geschichte...! Nach Auschwitz wollen wir fahren? Wirst sehen, der Zug kommt nicht. Für Züge, die woanders hinfahren als nach Berlin, gibt's jetzt keinen Platz mehr. Dann läßt man's eben. Das Leben geht weiter. Oder willst du nach Polen laufen?

RUTH *plötzlich amüsiert* ...Warum eigentlich nicht? *Pause* Natürlich nicht mit dir. *Pause* ...Vielleicht wäre es sowieso das beste, wenn du zurückfährst. Bist ohnehin nur wegen mir mitgekommen. Und was mich betrifft... Vielleicht fahre ich auch nicht hin. *erregt* Vielleicht fahre ich nur nach Berlin! *lacht* Da bekäme ich wenigstens einen Zug! ...Was hältst du davon? Dann kann jeder machen, was er will. Reisen, essen gehen, reden, vielleicht auch wieder malen – aber sicher, malen, arbeiten, ein Leben... Ein ganz normales Leben! Und um gleich damit anzufangen, werden wir uns jetzt ein Hotel suchen! Werden doch nicht in dieser Kneipe übernachten!

*Sie geht zur Tür.*

HINZ Ruth...!

RUTH *dreht sich um* Was?

HINZ Wir müssen hier übernachten. Und es ist besser so.

## 12

*Lichtwechsel. Eine Woche früher. Spät abends im Hotel Zum Goldenen Hirsch. Die Hotel-Kneipe: Theke, Barhocker, Eßtische. Im Hintergrund die Treppe, die zu den Zimmern führt. Ströhmer sitzt im Polo-Shirt an der Theke, vor ihm ein bunter Cocktail. Hinter der Theke aus dem Off hört man die Barfrau Getränkekisten räumen.*
*Ströhmer rührt nachdenklich im Cocktail, schaut immer wieder zur Treppe.*

BARFRAU *kommt mit einer Kiste Sprudel* Schmeckt's?

STRÖHMER Ja, sehr gut.

BARFRAU *während sie die Flaschen in einen Kühlschrank stellt* Als Sie gesagt haben, Sie kommen aus'm Osten, hab ich gleich gedacht, Ihnen mach ich mal so'n richtig schönen, bunten Cocktail.

STRÖHMER *abwesend* Danke.

BARFRAU Mit Campari. Kennen Sie das?

STRÖHMER Bitte?

BARFRAU Campari...? Na, ist ja auch egal. Hauptsache, es schmeckt.

STRÖHMER *schaut zur Treppe, wendet sich plötzlich zur Barfrau* Sagen Sie...

*Er bricht ab.*

BARFRAU Ja?

STRÖHMER Darf ich Sie etwas fragen?

BARFRAU Nur zu!

STRÖHMER Etwas sehr Spezielles...

BARFRAU *räumt jetzt leere Flaschen in die Kiste, freundlich* Ich höre.

STRÖHMER Mal angenommen, Sie würden heute erfahren, Sie wären... anders.

BARFRAU Wie? Anders?

STRÖHMER Naja... *schaut sich kurz zur Treppe um* Jemand käme und würde Ihnen sagen, Sie seien... Jüdin.

BARFRAU *ohne von der Arbeit aufzusehen* Na und?

STRÖHMER Ich meine, wenn Sie davon bisher nichts gewußt hätten: das wäre doch ein Schock?

BARFRAU Warum?

STRÖHMER Weil Ihre, wie sagt man... Identität doch plötzlich eine ganz andere wäre.

BARFRAU *während sie mit der Getränkekiste im Off verschwindet und eine neue, volle holt* Wie kommen Sie'n darauf? ...Würde ich dann etwa keine Kisten mehr schleppen? Oder vielleicht besser verdienen?

STRÖHMER Aber Ihr Selbstgefühl...

BARFRAU Mein was?

STRÖHMER Schon gut. Vielleicht...

*Schritte auf der Treppe. Ströhmer schaut sich um. Ruth kommt die Treppe runter, knöpft ihre Jacke zu, betritt den Schankraum. Sie ist auf eine etwas veraltete Art schick gekleidet. Die Barfrau taucht hinter der Theke auf.*

RUTH *kämpferisch, stolz, forsch – sie hat etwas Wichtiges erledigt* Guten Abend!

BARFRAU Guten Abend. Tut mir leid, aber wir haben geschlossen. Der Herr trinkt nur noch sein Glas aus.

STRÖHMER Sie gehört zu mir.

RUTH Keineswegs! *zur Barfrau* Was kostet ein Zimmer für eine Nacht?

BARFRAU Mit Dusche?

RUTH Mit Wanne.

BARFRAU Hundertzwölf.

*Ruth zieht ein Portemonnaie aus der Handtasche. Zählt unter dem erstaunten Blick Ströhmers hundertzwanzig Mark auf die Theke.*

RUTH *zur Barfrau* Der Rest ist für Sie.

BARFRAU Aber das bezahlen Sie nicht bei mir, da müssen Sie zur Rezeption.

RUTH *mit knapper Geste zu Ströhmer* Na, das kannst du ja übernehmen.

STRÖHMER Aber...

RUTH Vielen Dank und einen schönen Abend noch.

*Sie wendet sich ab.*

STRÖHMER *steht vom Barhocker auf* Warte doch!

RUTH *bleibt an einem Tisch mit Blumenvase stehen, nimmt die Blumen, dreht sich lächelnd zu Ströhmer um* Das wäre aber nicht nötig gewesen! Wie nett! Ich werde sie aufheben und trocknen, zur Erinnerung.

*Sie wendet sich zur Tür, über die Schulter.*

Tut mir leid, aber ich habe keine Zeit mehr zu verlieren!

*Ruth geht raus. Ströhmer sieht ihr nach. Die Barfrau mustert Ströhmer.*

STRÖHMER Und ich sage Ihnen, die sind anders.
BARFRAU Weil Sie was Besseres vorhat? Dann sind viele anders.

*Sie knipst das Licht über der Theke aus.*

Sie können den Cocktail mit aufs Zimmer nehmen. Ich mach jetzt zu.

## 13

*Lichtwechsel. Ausstattung wie vorher. Bahnhofsrestaurant. Nacht. Der Regen hört im Laufe der Szene auf. Ruth steht im Türrahmen zum Schankraum. Dahinter ist es dunkel. Hinz sitzt nach wie vor am Tisch. Ruth schaut ihn wütend an.*

HINZ ...Sie sind gegangen, vor einer Stunde etwa.

RUTH Und du hast sie nicht gerufen? ...Das ist doch verrückt!

*Sie geht in den dunklen Schankraum; man hört, wie sie an einer Tür rüttelt; sie kommt zurück.*

Abgeschlossen! Und jetzt? ...Auf der Tafel, auf der die Gerichte angeschrieben werden, ist ein Hakenkreuz.

HINZ Das hat mich immer gewundert: Bis heute weiß ich nicht, in welche Richtung die Haken zeigen, aber sie, selbst wenn sie keinen vollständigen

Satz sagen, geschweige denn fehlerfrei schreiben können, das Hakenkreuz beherrschen sie.

RUTH Red doch jetzt nicht so daher! Was fällt denen ein!

*Sie geht zum Fenster, versucht es zu öffnen, es geht nicht, sie rüttelt dran.*

Na gut!

*Sie nimmt einen Stuhl.*

HINZ Ruth!

*Ruth wirft den Stuhl durchs Fenster. Er bleibt im Gitter dahinter hängen.*

Wir haben die Gitter doch vorhin gesehen.

RUTH Ich nicht!

*Sie geht zu Hinz.*

Das gefällt dir, hm? Das kommt dir gerade recht!

HINZ Hör auf.

RUTH Sie haben uns eingesperrt!

HINZ Aber es kommt auch niemand rein.

RUTH *lacht plötzlich* ...Großartig! Und was heißt dann tot sein? Daß man nicht zur Arbeit muß?

HINZ Du kannst noch früh genug fahren.

RUTH Ausgerechnet ich und früh genug! *läßt sich auf einen Stuhl fallen* Übernachten wir also unterm Hakenkreuz. Ob sie uns vergessen haben?

HINZ Im Gegenteil. Immerhin scheint es ihnen heute abend zu reichen, uns einzusperren. Nein, uns vergessen sie nie, immer nur sich.

RUTH Aber sie können uns doch nicht gleichzeitig loswerden wollen und das...

*Sie zeigt zur Tür.*

HINZ Wer sagt, daß sie uns loswerden wollen? Sie brauchen uns noch. Was wären sie denn ohne uns? Alles zu seiner Zeit.

*Pause.*

RUTH *schüttelt den Kopf* Wenn du alles falsch gemacht hast, aber... recht behältst?

HINZ Mit einem Strick um den Hals kannst du nichts falsch oder richtig machen.

RUTH Hör endlich auf, so zu reden! Sei gefälligst ein bißchen stolzer!

HINZ Auf was?

RUTH Zum Beispiel auf den Trick mit dem Namen.

*Pause.*

HINZ Und jetzt?

RUTH Raus. Nur raus hier!

*Ruth verschwindet im Schankraum. Man hört, wie sie mit einem harten Gegenstand auf eine Tür einschlägt. Hinz sitzt am Tisch. Hinter den Fenstern geht langsam die Sonne auf. Lautsprecherdurchsage: Auf Gleis drei erhält in wenigen Minuten Einfahrt der IC 501 Richard Wagner aus München zur Weiterfahrt nach Berlin über Hannover, Braunschweig, Magdeburg, Potsdam. Vorsicht bei der Einfahrt.*
*Von weitem hört man eine singende Schulklasse näherkommen.*

KINDERSTIMMEN *off*

Kein schö-ner Land in die-ser Zeit, als hier das uns-re weit und breit,

wo wir uns fin-den wohl un-ter Lin-den
zur A-bend-zeit,
wo wir uns fin-den wohl un-ter Lin-den
zur A-bend-zeit.

*Der Zug fährt ein.*

LEHRERIN *off* Schnell, schnell! Beeilt euch! Oder wollt ihr hierbleiben?

*Man hört Kinderstimmen und Lachen.*

LAUTSPRECHERDURCHSAGE Einsteigen und Türen schließen, Vorsicht bei der Abfahrt!

*Der Zug fährt ab.*

ENDE

# *Jakob Arjouni im Diogenes Verlag*

## *Happy birthday, Türke!*

Ein Kayankaya-Roman

»Privatdetektiv Kemal Kayankaya ist der deutsch-türkische Doppelgänger von Phil Marlowe, dem großen Kollegen von der Westcoast. Nur weniger elegisch und immerhin so genial abgemalt, daß man kaum aufhören kann zu lesen, bis man endlich weiß, wer nun wen erstochen hat und warum und überhaupt.
Kayankaya haut und schnüffelt sich durch die häßliche Stadt am Main, daß es nur so eine schwarze Freude ist. Als in Frankfurt aufgewachsener Türke mit deutschem Paß lotst er seine Leserschaft zwei Tage und Nächte durch das Frankfurter Bahnhofsmilieu, von den Postpackern zu den Loddels und ihren Damen bis zur korrupten Polizei und einer türkischen Familie.
Daß *Happy birthday, Türke!* trotzdem mehr ist als ein Remake, liegt nicht nur am eindeutig hessischen Großstadtmilieu, sondern auch an den bunteren Bildern, den ganz eigenen Gedankensaltos und der Besonderheit der Geschichte. Wer nur nachschreibt, kann nicht so spannend und prall erzählen.«
*Hamburger Rundschau*

»Er ist noch keine fünfundzwanzig Jahre alt und hat bereits zwei Kriminalromane geschrieben, die mit zu dem Besten gehören, was in den letzten Jahren in deutscher Sprache in diesem Genre geleistet wurde. Er ist ein Unterhaltungsschriftsteller und dennoch ein Stilist. Die Rede ist von einem außerordentlichen Début eines ungewöhnlich begabten Krimiautors: Jakob Arjouni. Verglichen wurde er bereits mit Raymond Chandler und Dashiell Hammett, den verehrungswürdigsten Autoren dieses Genres. Zu Recht. Arjouni hat Geschichten von Mord und Totschlag zu erzählen, aber auch von deren Ursachen, der Korruption durch Macht und Geld, und er tut dies knapp, amüsant und mit bösem Witz. Seine auf das Nötigste abgemagerten Sätze fassen viel von dieser schmutzigen Wirklichkeit.« *Klaus Siblewski/Neue Zürcher Zeitung*

Verfilmt von Doris Dörrie, mit Hansa Czypionka, Özay Fecht, Doris Kunstmann, Lambert Hamel, Ömer Simsek und Emine Sevgi Özdamar in den Hauptrollen.

## *Mehr Bier*

Ein Kayankaya-Roman

Vier Mitglieder der ›Ökologischen Front‹ sind wegen Mordes an dem Vorstandsvorsitzenden der ›Rheinmainfarben-Werke‹ angeklagt. Zwar geben die vier zu, in der fraglichen Nacht einen Sprengstoffanschlag verübt zu haben, sie bestreiten aber jegliche Verbindung mit dem Mord. Nach Zeugenaussagen waren an dem Anschlag fünf Personen beteiligt, aber von dem fünften Mann fehlt jede Spur. Der Verteidiger der Angeklagten beauftragt den Privatdetektiv Kemal Kayankaya mit der Suche nach dem fünften Mann…

»Jakob Arjouni: der jüngste und schärfste Krimischreiber Deutschlands!«
*Wiener Deutschland, München*

## *Ein Mann, ein Mord*

Ein Kayankaya-Roman

Ein neuer Fall für Kayankaya. Schauplatz: die (noch immer) einzige deutsche Großstadt: Frankfurt. Genauer: Der Kiez mit seinen eigenen Gesetzen, die feinen Wohngegenden im Taunus, der Frankfurter Flughafen.
Kayankaya sucht Sri Dao, ein Mädchen aus Thailand: sie ist in jenem gesetzlosen Raum verschwunden, in

dem Flüchtlinge, die in Deutschland um Asyl nachsuchen, unbemerkt und ohne Spuren zu hinterlassen, ganz leicht verschwinden können – wen interessiert ihr Verschwinden schon.
Was Kayankaya – Türke von Geburt und Aussehen, Deutscher gemäß Sozialisation und Paß – dabei über den Weg und in die Quere läuft, von den heimlichen Herren Frankfurts über die korrupten Bullen und die fremdenfeindlichen Beamten auf den Ausländerbehörden bis zu den Parteigängern der Republikaner mit ihrer alltäglichen Hetze gegen alles Fremde und Andere, erzählt Arjouni klar, ohne Sentimentalität, witzig, souverän.

»Jakob Arjouni ist von den jungen Kriminalschriftstellern deutscher Zunge mit Abstand der beste. Er hat eine Schreibe, die nicht krampfig vom deutschen Gemüt, sondern von der deutschen Realität her bestimmt ist, das finde ich einmal schon sehr wohltuend; auch will er nicht à tout prix schmallippig sozialkritisch auftreten.« *Wolfram Knorr/Die Weltwoche, Zürich*

## *Edelmanns Tochter*

Theaterstück

Ein Bahnhof im wiedervereinigten Deutschland. Hinz und seine Tochter Ruth sitzen im Hinterzimmer des Bahnhofrestaurants und warten. Nach vier Jahrzehnten kann der Vater sich nicht länger den drängenden Fragen und Ahnungen seiner Tochter entziehen. Im Kampf um eine neue Identität, die es ihm leichter machen soll, Schuld und Schicksal zu verdrängen, hat sich der Alte tief in ein Knäuel aus Lebenslüge, Leere, Hilflosigkeit und Selbstvorwürfen verstrickt.
Ein Stück über gegenseitige Achtung, über eine Vater-Tochter-Beziehung und über die Frage nach den Grenzen von statthafter Einflußnahme. Jakob Arjouni ergreift nicht Partei, er beobachtet Menschen

und keine literarischen Modelle. In prägnanten Sätzen befaßt sich der junge Autor mit dem Phänomen Deutschland: Schuld und Vergangenheit, das Dritte Reich, die Wiedervereinigung und die Tatsache, daß noch gar nichts erledigt ist...

»Arjouni weiß als Dramatiker genauso wie als Krimiautor, wie er Spannung erzielt, ohne platt zu wirken.«
*Christian Peiseler/Rheinische Post, Düsseldorf*

»Seine Texte haben Qualität. Sie sind ambitioniert, unaufdringlich-provokativ, höchst politisch. Dabei sind sie weder billig-appellativ noch vordergründig, besitzen in jeder Hinsicht Stringenz.«
*Barbara Müller-Vahl/Bonner General Anzeiger*

## *Magic Hoffmann*

Roman

Fred, Nickel und Annette – sie sind jung, die Welt – nicht die, in der sie leben – steht ihnen offen. Sie träumen gemeinsam einen Traum, und der hat einen Namen: Kanada. Magic Hoffmanns Weg von Dieburg nach Vancouver führt über den Knast in das Berlin nach dem Mauerfall, wo er seine Freunde und sein Geld abholen will – doch *the times they are a-changin'*.

»Der Roman *Magic Hoffmann* trägt die Züge einer Kriminalgeschichte, und jedenfalls ist er so spannend, wie man es von einem Krimi nur verlangen kann. Doch zugleich ist er mehr: ein Roman über die neue Hauptstadt Berlin aus der Sicht eines Underdogs aus der Provinz ... Eine Verbeugung vor dem größten aller Berlin-Romane, Döblins *Berlin Alexanderplatz*, und seinem Helden, dem Haftentlassenen Franz Biberkopf.«
*Gustav Seibt/Frankfurter Allgemeine Zeitung*

## *Leon de Winter im Diogenes Verlag*

### *Hoffmans Hunger*

Roman. Aus dem Niederländischen von Sibylle Mulot

In der Nacht vom 21. Juni 1989 liegt Freddy Mancini, ein unmäßig fetter amerikanischer Waschsalon-Besitzer, neben seiner Frau im Bett eines Prager Hotels. Ihn quält der Hunger, und er schleicht sich aus dem Hotel. Dabei wird er Zeuge einer Entführung.
Zur selben Zeit sitzt der niederländische Botschafter in Prag, Felix Hoffman, in seiner Botschaft und schlingt die Reste eines Empfangs in sich hinein. Er liest dabei Spinoza. Auch Hoffman hat Hunger, metaphysischen Hunger, vor allem seit seine beiden Töchter auf tragische Weise starben. Seither ist er schlaflos. Sein einziger Trost – essen.
Ein dritter unglücklicher Mann: John Marks, Amerikaner und Ostblockspezialist.
Die Schicksale der drei Männer werden durch eine spannende Liebes- und Spionagegeschichte miteinander verwoben. Zugleich ist *Hoffmans Hunger* die Geschichte von Europa 1989, das sich eint und berauscht im Konsum. Ein Rausch, der nur in einem Kater enden kann.

»Ein Buch, das unter der Tarnkappe einer Spionage-Geschichte das Kunststück zuwege bringt, über das Verhängnis der Liebe und die Tragik des Todes, über die Ohnmacht der Philosophie und die Illusionen der Politik so ergreifend zu erzählen, wie man es lange nicht mehr gelesen hat.«
*Peter Praschl/stern, Hamburg*

»Leon de Winter erzählt Hoffmans Geschichte meisterlich schlicht in der dritten Person, dialogreich,

eben noch geruhsam, dann mit schnellen Schritten und Schnitten. Er erzählt diskret und intim zugleich. Und auch ungeheuer komisch.«
*Volker Hage/Der Spiegel, Hamburg*

## *SuperTex*

Roman. Deutsch von Sibylle Mulot

»Was macht ein Jude am Schabbesmorgen in einem Porsche!« – bekommt Max Breslauer zu hören, als er mit knapp hundert Sachen durch die Amsterdamer Innenstadt gerast ist und einen chassidischen Jungen auf dem Weg zur Synagoge angefahren hat. Eine Frage, die andere Fragen auslöst: »Was bin ich eigentlich? Ein Jude? Ein Goi? Worum dreht sich mein Leben?« Max, 36 Jahre alt und 90 Kilo schwer, Erbe eines Textilimperiums namens SuperTex, landet auf der Couch einer Analytikerin, der er sein Leben erzählt. Da ist vor allem seine Auseinandersetzung mit dem Vater, der das KZ überlebte, aber in seinem Mercedes ertrank. Ein weiteres Trauma des assimilierten Juden aus dem Yuppie-Milieu: Fassungslos mußte Max mitansehen, wie er seine große Liebe Esther plötzlich an den orthodoxen Glauben verlor. Und sein Bruder Boy verliebt sich nun in eine marokkanische Jüdin, deren Familie arm und gläubig ist. So scheint Max der einzige, der nicht in den Schoß der Tradition zurückfindet. *SuperTex* ist die farbige Geschichte eines Generationenkonflikts, ein Feuerwerk des Humors.

»Leon de Winter erzählt die Geschichte des jüdischen SuperTex-Managers Max Breslauer mit amerikanischer Rotzigkeit, europäischer Nachdenklichkeit und mit einem vielleicht holländisch-jüdischen sechsten Sinn für Dramaturgie. Ein spannendes Buch, das man nicht mehr aus der Hand legen mag.«
*Barbara Sichtermann/Zitty, Berlin*

*Serenade*

Roman. Deutsch von Hanni Ehlers

Anneke Weiss, Mitte siebzig, seit langem Witwe, hat ihre Lebenslust und ihren Elan, sich munter in das Leben ihres Sohnes Bennie, eines verhinderten Komponisten, einzumischen, gerade erst richtig wiederentdeckt. Da diagnostizieren die Ärzte bei ihr ein Karzinom. Bennie drängt darauf, daß man seiner Mutter ihre tödliche Krankheit verschweigt. Das Leben scheint ganz normal weiterzugehen – Anneke verliebt sich sogar in den 77jährigen Fred Bachmann –, doch dann, wie aus heiterem Himmel, gerät alles aus den Fugen: Die alte Dame ist spurlos verschwunden. Bleibt die Hoffnung, daß sie zu einer ihrer Vergnügungsreisen aufgebrochen ist, mit der sie ihren Sohn immer stolz überrascht. Warum gibt sie nur kein Lebenszeichen von sich? Bennie und Fred machen sich auf die Suche. Sie finden Anneke – aber nicht etwa auf den Champs-Elysées, sondern auf dem Güterbahnhof von Split. Was hat Anneke zu dieser »Reise« bewogen?
Nur vordergründig witzig und leichtfüßig erzählt dieser Roman von einem Trauma, das jeden Tag neu aufzubrechen vermag.

»Ein neuer europäischer Romancier von Rang: Leon de Winter beweist, wie man E und U spielerisch verbindet.« *Abendzeitung, München*

»Leon de Winter hat etwas zu erzählen, und er tut es so gut, daß man nicht genug davon bekommen kann.«
*Rolf Brockenschmidt/Der Tagesspiegel, Berlin*

*Philippe Djian*
*im Diogenes Verlag*

»Djians Sprache und Rhythmus verschlagen einem den Atem und ziehen einen in die Geschichten, als wäre Literatur nicht Folge, sondern Strudel.«
*Göttinger Woche*

»Djian schreibt glasklar und in einem Tempo, dem ältere Herren wie Grass und Walser schon längst durch Herzinfarkt erlegen wären.« *Plärrer, Nürnberg*

Philippe Djian, geboren 1949, lebt in Bordeaux und Lausanne. Pierre Le Pape über Djians Stil: »Die Puristen mögen getrost grinsen; morgen werden die Schulkinder, sofern sie dann noch lesen, bei Djian lernen, was viele der besten jungen Autoren längst von ihm erhalten haben: eine Lektion in Stilkunde.«

*Betty Blue*
37,2° am Morgen
Roman. Aus dem Französischen
von Michael Mosblech

*Erogene Zone*
Roman. Deutsch von Michael Mosblech

*Verraten und verkauft*
Roman. Deutsch von Michael Mosblech

*Blau wie die Hölle*
Roman. Deutsch von Michael Mosblech

*Rückgrat*
Roman. Deutsch von Michael Mosblech

*Krokodile*
Sechs Geschichten
Deutsch von Michael Mosblech

*Pas de deux*
Roman. Deutsch von Michael Mosblech

*Matador*
Roman. Deutsch von Ulrich Hartmann

# *Viktorija Tokarjewa im Diogenes Verlag*

Viktorija Tokarjewa, 1937 in Leningrad geboren, studierte nach kurzer Zeit als Musikpädagogin an der Moskauer Filmhochschule das Drehbuchfach. 15 Filme sind nach ihren Drehbüchern entstanden. 1964 veröffentlichte sie ihre erste Erzählung und widmete sich ab da ganz der Literatur. Sie lebt heute in Moskau.

»Ihre Geschichten sind seit jeher von großer Anmut, allesamt Kunst-Stückchen, die einem die Vorstellung von Leichthändigkeit suggerieren. Nicht jedoch von Leichtgewichtigkeit. Wenn sie uns ein Schmunzeln entlocken, dann liegt das daran, daß Viktorija Tokarjewa über einen ausgeprägten Humor verfügt und diese Gabe durchweg einsetzt. Es ist kein Humor der satirischen Art, eher eine sanfte Ironie, gewürzt mit einer Prise Traurigkeit und einem vollen Maß an mitmenschlichem Erbarmen.«
*Frankfurter Allgemeine Zeitung*

»Viktorija Tokarjewa erzählt ihre Liebesgeschichten mit einem solchen Witz und einer solchen Lebendigkeit, daß ich ganz entzückt davon bin.«
*Elke Heidenreich*

*Zickzack der Liebe*
Erzählungen. Aus dem Russischen von Monika Tantzscher

*Mara*
Erzählung
Deutsch von Angelika Schneider

*Happy-End*
Erzählung
Deutsch von Angelika Schneider

*Lebenskünstler*
und andere Erzählungen. Deutsch von Ingrid Gloede

*Sag ich's oder sag ich's nicht?*
Erzählungen. Deutsch von Angelika Schneider, Monika Tantzscher und Elsbeth Wolffheim

*Sentimentale Reise*
Erzählungen. Deutsch von Angelika Schneider

*Die Diva*
Zehn Geschichten über die Liebe. Deutsch von Angelika Schneider, Monika Tantzscher und Susanne Veselov